山本義久
Yamamoto Yoshihisa

句集

青空

東京四季出版

青空　もくじ

装幀　高林昭太

句集

青空

あおぞら

升酒

平成十七年〜十八年

鵜飼舟闇を焦がして現れにけり

大漁旗伸子張りして百日紅

仰向けの落蟬脚を折りたたみ

旅にして新酒のうまし新生姜

鍾乳洞の入口までの蟬時雨

秋高し旧軍港の赤煉瓦

切藁を撒きて刈田を労へり

葛の蔓のぼりつめたる空青し

振り向けば妻の立ちをり望の月

暮れ際のひときは白き芒原

切口を揃へて萩を刈りにけり

野仏のあたり明るし草紅葉

水落ちて田の面の軽くなりにけり

賽銭箱だけの拝殿残る虫

藁塚の少し傾ぎて冬に入る

巻尺で測る外材残る虫

庭にわが小さき句碑あり石蕗の花

竹伐るや新薬師寺の静けさに

一の鳥居過ぎし坂道照紅葉

裸木となりし銀杏の空青し

これがわが庭かと紛ふ今朝の雪
金色の銀杏吹雪を浴びにけり

白毫寺の石仏の道冬いちご

石段が押しあげてゐる紅葉寺

冬の蜂旧居の壁を這ひにけり

御影堂の裏の明るし冬ざくら

野良猫のたむろしてゐる藪椿

鳥獣あまた抱きて山眠る

傘寿過ぎて赤い表紙の日記買ふ

裏庭に水仙咲かせ鬼門寺

霊廟の門固し笹子鳴く

焼畑のすこし焦げたる畦仏

城濠の水まんまんと梅咲けり

箱船を繋ぐ城濠柳の芽

白魚の喉とほるとき躍りけり

升酒の檜のかをり燕来る

山畑に煙ひとすぢ花辛夷

近ぢかと鶯のこゑ墓洗ふ

ひと口の香のなつかしき蓬餅

草餅を食ぶ少年の口をして

永き日を動物園に遊びけり

霾天に白き太陽ありにけり

紫雲英摘みをり三輪車乗り捨てて
命綱して城垣の草を取る

城垣に貼りついて草抜いてをり

声荒くなりたる夏の鴉かな

勉強部屋の壁に縋らせ兜虫

下腹にひびく木魚や走り梅雨

気儘なる妻との暮し葱坊主

酒蔵に武者窓多し風薫る

本陣の門黒松の芯太し

腰板の黒き酒蔵路地涼し

村ぢゆうが代田となりし一日かな

禅寺の昼のしづけさ蟻地獄

一匹の天水桶の水馬

くろがねの翅光らせて源五郎

さつき植ゑ替ふ一日に一鉢づつ

十薬の花つけしまま干されをり

脳天に沁み入る蟬の声ひとつ

憎らしきほど黒ぐろと夏鴉

年寄が道掃いてゐる夏の朝

退院の妻に代りて胡瓜揉む

一蟬に誘はれて声揃ひけり

禅寺の高き床下蟻地獄

一合の酒一本の新生姜
新生姜囓りてちびりちびりかな

窪寺の百万本の曼珠沙華

紅き息吐き一本の曼珠沙華

線香売が水撒いてゐる地蔵盆

戦友の訃報相次ぐ桐一葉

役半ばにて祭酒効いてきし
合歓の実の弾けて胸の内さらす

一間だけの畳の部屋の障子貼る

棗の実色づいてゐる旧居かな

サーカスを見に来て銀杏拾ひをり

武家屋敷跡なる桜紅葉かな

菊の葉の裏を見てゐる審査員

蜘蛛の糸一本光る神の留守

蝶遊ばせて一反の菊畠

寄せ仏紅葉明りにありにけり

日当たりし紅葉が寺を浮き立たす

大杉の切株冬日あたたかし

落葉して瘤のある木となりにけり

枯木立空の明るくなりにけり

底冷の納屋に掛けたる手斧かな

墨付のびしと決まれり冬ざくら

護摩木

平成十九年〜二十年

元日の庭に来てゐる雀かな

マンションに布団干しゐる四日かな

退院の妻と炬燵に坐りゐる

大岩を鎧ひ残して蔦枯るる

梅咲けり身辺整理はじめねば

土の道選びて通る犬ふぐり

水仙をがばとバケツに道の駅
黒仏さまの眼光冴返る

鳥雲に銀一色の石油基地

床の間に椿一輪聚楽亭

あやしげな光放ちて猫柳

はくれんのために青空ありにけり

初桜笑窪の深き童子仏

大黒と目礼交はすすす朝ざくら

大振りの緋牡丹福授地蔵尊

腰あげしとき鶯の鳴きにけり

紐結び直して兜飾りけり

正直や立ち揃ひたる松の芯

山荘の天井扇の試運転

蕨摘む秘密の場所を知つてゐる

山雀のこゑ木洩れ日の櫓跡

瀧落ちて一渓谷を轟かす

瀧音の聞こえてよりの道遠し

杉匂ふ雨後の瀧道のぼりけり

円座四枚あかあかと夏炉の火

草庵の足裏涼しき荒筵

豪快に瀧落ちて人寄せつけず

四阿に先客のあり蓮の花

老鶯や能面展に黙しゐて

一族の墓整然と植田かな

空蟬の爪に残りし力かな

万年筆の軸のつめたき大暑かな

日の出待ち切れず鳴き出す山の蟬

帰省子の腕逞しくなりにけり

鷺草の疲れの見ゆる羽の色
わが影はわが前にあり秋の風

整然と組む稲架の影濃かりけり

水平に水平に秋あかねかな

埋髪塔糸瓜四本どさと置き
観月会の琴の音合せ捗らず

道後ゆき電車満員初紅葉

四阿の木の椅子硬しそぞろ寒

初冬の日切地蔵の百の燭

モノレール一筋光る蜜柑山

石仏の肩に冬日のあたたかし

土塀つづく裏参道の紅葉かな

紅葉且散る日当りし二月堂

小春日や護摩木に妻の名を記し

御影堂の寂とありけり冬ざくら

着膨れて薬師如来のおん前に

萩刈られ萩寺広くなりにけり

十二月一日学徒兵老いたり

石庭の綺麗に掃かれ冬木の芽

苺嵌めたる赤き眼の雪だるま

蒴に来る胸美しき鶲かな

霜晴の姿正しき男松

湯豆腐のあれば晩酌それでよし

ミニ盆栽に寒肥をひとつ置く

白鮮しき老梅の力かな

薄氷を押せばぐらりと空動く

制帽の白線外し卒業す

ひるがへり燕眩しくなりにけり

はくれんの咲きしばかりの白さかな

紅梅の蕾まぶしくなりにけり

風あれば風に乗りたる落花かな

かたかごの花咲くダイアモンド婚

対岸のホテルを隠す桜かな
あるなしの風をとらへて藤の房

直立の茎たくましや葱坊主

腰掛けし葉ざくらの下去りがたし

万緑の鐘撞堂の百の階

睡蓮の眩しき花となりにけり

栗の花匂ふリフトに足垂らし

城垣の勘兵衛石や男梅雨

ひつそりとピアノ教室薔薇の雨

鐘一打読経のながき老遍路

漆黒の甲冑飾る夏座敷

年寄の日課となりし昼寝かな

昼寝せる北極熊の足の裏

栃落葉踏みて独りになりに行く

木洩れ日や一筋ひかる蜘蛛の糸

形代にわが名大きく書きにけり

たこ焼きのよく売れてゐる地蔵盆

灯点して施餓鬼の闇を深うせり

開きては畳みては秋扇かな

見はるかす風のコスモス畑かな

ジーンズのばりばり乾く赤蜻蛉

人を恐れぬ山国の赤とんぼ

屋形舟繋ぎし水の澄みにけり

沢蟹と遊びて秋を惜しみけり

城垣に十一月の日差かな

石蕗咲いて庭の明るくなりにけり

露座仏に一合瓶の今年酒

トラックの風圧頰に今朝の冬

冬鵙や切つ先光る避雷針

婆ひとり莫蓙一枚の飾売

どんぐりを拾ひ古墳の秋惜しむ

玄室に底冷えの闇ありにけり

頭蓋骨のごと復元の壺冷ゆる

父の日

平成二十一年〜二十二年

娘夫婦二組の来て屠蘇祝ふ

冬耕の三つ鍬深く打ちにけり

二日はや人の出てゐる貯木場

冬木立出でて珈琲館に入る

群るる水仙石ひとつだけの墓

春昼の明るき顔の石仏

桜草のトロ箱ならべ漁師町

金屏風の前丸腰の立雛

悠然と風をあつめて若柳
鐘の音の空に融けゆく春の昼

藤棚の下にいつもの爺がゐる

園児らのころゐ満開の桃畑

年寄の溜り場花の地蔵堂

面売が店仕舞ひゐる夕桜

わが家にはついぞ揚がらず鯉幟

烏麦しごきて男行きにけり

青葉潮流れの迅き壇ノ浦
安徳帝の八角陵の茂りかな

幼帝の陵の翳より黒揚羽

七盛の墓濡れてをり夏の朝

大方は同じ高さの花菖蒲

葭簾して客待ちの人力車

植ゑ替へし杜鵑花十鉢並べけり

翡翠の池を見詰むる殺気かな

酒ばかりなり父の日のプレゼント

一刀彫の面がひとつ夏座敷

梅雨寒の眼据りし般若面

芥焼く男がひとり夏の浜

白木槿咲かせて波郷生家かな

梅雨明けにけり内子座の大向

秋暑し日差まぶしき船溜

かさこそと宅配便の兜虫

草田男の墓を離れず黒揚羽

拝殿に畳一枚朝の蟬

鰡跳んで満潮の海破りけり

黐の実や城の米蔵固く閉ぢ

歴代の墓帰省子と洗ひけり

補聴器に牛の鳴き声秋澄めり

鱗まぶしや妙齢の穴まどひ

一遍の修行地曼珠沙華ばかり

天高しヒマラヤ杉の黒き幹

蜆蝶高くは飛ばず赤のまま

番号のまだなき仔牛蓼の花

秋あかね濠の虚空をかがやかす

冬桜咲き御影堂を荘厳す

胸の奥まで染まりけり紅葉寺

白菊や別れの顔を拭いてやり

秋の浜歩きて人を悼みけり

離陸機の先に秋天ありにけり

紅葉散りゆく静けさの中にゐる

発掘の石に番号草枯るる

あがり来しほかほかの児に柚子湯の香

日切焼の売れをる納め地蔵かな

神殿に響く居合の初稽古

古代縮緬まとふ無量寿雛かな

白梅や土塀の高き武家屋敷

金色の勝男木光る鳥の恋

合格の子を空港に迎へけり

馬場跡の養生の芝青みけり

校門を入れば城垣初ざくら

結婚記念日老妻にスイートピー

初燕飛ぶ飛びたくて飛びたくて

花筏二手になりて流れけり

天守閣浮きあがりたる花の雲

鶯のこゑ透きとほる仏山

竹垣の疣結ひ黒し末草

翳りてより山藤の濃かりけり

葱の花蝶遊ばせてをりにけり

花樗仰ぐ男の喉仏

町内の顔揃ひけり溝浚へ

ふるさとは見渡す限り植田かな

七夕笹くぐり動物園に入る

松蟬や兵たりし日の川流れ

軽やかに百の風鈴鳴りにけり

朝涼の道後湯の町歩きけり

はたはたの飛んで光となりにけり

城跡の明るくなりし初紅葉

鰯雲ふるさと遠くありにけり

見舞ひたる妻との日向ぼつこかな

帰り花駱駝の瘤に日が当り

冬うらら念力抜けし鬼瓦

撥釣瓶に雀来てゐる冬菜畑

歳末の地下街に売る土佐刃物

佛の妻

平成二十三年〜二十七年

出世独楽房を正して飾りけり

行きずりの人の褒めゆく冬紅葉

俳句ですかと梅園のカメラマン

紅梅を大きく活けて地蔵尊

春近き薄ももいろの雑木林

縁側に座布団五枚藤の花

涅槃会の信徒に混じり餅拾ふ

谷川に少年のこゑ水温む

かたかごの花祝谷一丁目

日当りて紫匂ふ桐の花

公園のベンチを濡らす走り梅雨

老妻と風船かづらの種を蒔く

万緑に対す一切忘じゐて

睡蓮の池に余白のなかりけり

叩きたる腕に藪蚊の縞の跡

湯神社の昼の静けさ椿の実

黒牛の目をみひらきし炎暑かな

焼酎に梅干しひとつ沈めけり

広島忌川が流れてをりにけり

百人に百の八月十五日

白服の機長タラップ降りて来る

涼新た背割柱に凭れゐて

水草を咲かせ一閑張の店

燕去にし空ひろびろとありにけり

走る走るサッカー少年秋うらら

たつぷりと秋日溜めたる城址かな

旅人と天守の秋を惜しみけり

城垣をしづかに濡らす時雨かな

七五三の真赤なハンドバッグかな

影大き城のうしろの寒さかな

禅寺の燃えつきさうな紅葉かな

菊に埋れし別れの頬を撫でてやる

骨壺に妻の名を書く冬の雨

大寒の佛の妻に会ひに行く

冠雪の山をはるかに妻偲ぶ

新しく墓誌に妻の名冴返る

野遊びや草に置きたる魔法瓶

夏の朝大きな声で挨拶す

蕗の葉に荒梅雨の音ありにけり

手の平に御神酒を受けし山開

岩灼けてゐる鋭角の石切場

炎天下なり胸張つて歩かねば

妻帰り来よ迎へ火を焚きふやし

初盆の妻の祭壇明るくせよ

滴れり石包丁に穴二つ

高くは飛ばず城址の赤蜻蛉

紅葉せるミニ盆栽を仏壇に

麦を蒔きゐる老農の大きな手

裸木となりて姿を正しけり

息白く吾を離れし言葉かな

大寒の独り暮しの米を磨ぐ

少し離れて白梅と対しけり

本殿の裏に廻ればば猫の恋

青空を見上ぐる農夫初つばめ

咲き満ちて枝垂るる小米桜かな

若楓梳きくる風のやはらかし

花冷の門堅き藩祖廟

寝そべつてゐる白熊の日永かな

夏蝶の高くは飛ばず梵の墓

老鶯のこゑ近ぢかと独りかな

緑蔭に入りて眼鏡を拭きにけり

検閲済の軍事郵便曝しけり

稜線は四国山脈秋澄めり

草の絮とんで一級河川かな

大松に藁巻いて冬支度かな

枯木山青空ひろくなりにけり

寄せ植ゑのミニ盆栽の櫨紅葉

大杉の幹を濡らして冬の雨

デパートの各階同じ聖樹かな

永き日や妻の遺せし日記帳

稽古着の干しあり若き汗匂ふ

若楓いつもどこかが揺れてゐる

朝採りの青き蚕豆もらひけり

糊の効きし甚平に腕通しけり

青空のまだ濡れてゐる合歓の花

嚏《くさめ》して十二神将驚かす

切株に坐し秋風の中にゐる

あるなしの風に風船かづらかな

曼珠沙華しべに縺れのなかりけり

台風過昨日と違ふ空がある

掛け替へし大注連縄の縒り匂ふ

梵鐘に匠の名あり冬の鵙

亡き妻に似し人に逢ふ年の市

力溜めゐる大寒の古代蓮

蔵元に懸かる杉玉梅二月

大杉を静かに濡らす春の雨

鶯の声美しくなりにけり

ポケットに歳時記ひとつ青き踏む

青空　畢

あとがき

阪本名誉主宰のお勧めをいただき句集を作成することにいたしました。句集の作成については、阪本名誉主宰・江崎主宰に選句から何から何まで大変お手数を煩わし、申し訳なくありがたく思っています。深く深くお礼申しあげます。この年齢（現在九十二歳）まで俳句を続けてこられたのは、専ら阪本先生に師事し、ご懇篤なご指導をいただいたことと、誌友各位のご支援の賜と深く感謝しているところです。

お蔭様で人生の区切りとして句集『青空』を上梓することが出来、本当に嬉しく思っています。これからも、生ある限り「終生俳句現役」を続けてゆきたいと思っていますので、よろしくお願いいたします。
最後になりましたが、上梓にあたり東京四季出版の西井洋子氏、北野太一氏には大変お世話になり、ありがとうございました。

平成二十七年十一月吉日

山本義久

著者略歴

山本義久（やまもと・よしひさ）

大正12年　愛媛県生まれ
昭和53年　「糸瓜」入会
昭和60年　「糸瓜」同人
昭和62年　俳人協会会員
平成 3 年　愛媛新聞短詩形文学年間受賞
平成 5 年　「糸瓜」退会
平成 5 年　「櫟」入会、創刊同人
平成 6 年　句集『冬ざくら』出版
平成 7 年　第一回櫟賞受賞
平成18年　句集『外は雪』出版
平成24年　櫟寿特別賞受賞

愛媛県俳句協会理事・松山俳句協会評議員等歴任

住　所　〒790-0047　愛媛県松山市余戸南 4-14-16

俳句四季創刊30周年記念出版・篁シリーズ59

句集　青空《あおぞら》

発　行　平成二十七年十二月八日
著　者　山本義久
発行人　西井洋子
発行所　株式会社東京四季出版
〒189-0013　東京都東村山市栄町二－二二－二八
電話　〇四二－三九九－二一八〇
shikibook@tokyoshiki.co.jp
http://www.tokyoshiki.co.jp
印　刷　株式会社シナノ
定　価　本体二七〇〇円＋税

ISBN978－4－8129－0822－8